KB010890

나의
그리움들은
안녕할까

나의 그리움들은 안녕할까

펴 낸 날 2024년 3월 8일

지 은 이 유미란
펴 낸 이 이기성
기획편집 윤가영, 이지희, 서해주
표지디자인 윤가영
책임마케팅 강보현, 김성욱
펴 낸 곳 도서출판 생각나눔
출판등록 제 2018-000288호
주   소 경기도 고양시 덕양구 청초로 66, 덕은리버워크 B동 1708, 1709호
전   화 02-325-5100
팩   스 02-325-5101
홈페이지 www.생각나눔.kr
이 메 일 bookmain@think-book.com

· 책값은 표지 뒷면에 표기되어 있습니다.
  ISBN   979-11-7048-674-9(03810)

나의 그리움들은
안녕할까

유미란 시집

생각나눔

목차

여름 | 지우고 지나가기

가을 | 하루 종일 바라본다

겨울|나의 그리움들은 안녕할까

서문

세 번째 시집을 내고 12년이 흘렀다.
그 세월 동안 내게도 참 많은 변화와 일들이 있었다.
그 세월에서 끝없이 뒤척이고 고뇌하며
어둠과 상처를 들락거리며 사는 동안에도
나는 시를 한시도 놓지 않았고, 잊은 적이 없다.
시를 잊지 않으려 하루가 멀다고
시간의 결속으로 들어가 그를 만나러 길을 나섰다.
그를 만나러 가는 길은 늘 섬처럼 멀고 아득했다.
만나고 나면 사라지고 잊히고 지워지는 간절한 언어들
온전히 내 것으로 담지 못해
지우고 쓰기를 수없이 반복하며 토해낸
갈망 같은 삶의 문장들, 그늘 속 품고만 있을 수 없어
낳은 지 오래된 빛바랜 흩어진 시들을 모아
세상 밖 빛으로 다시 태어나게 하려 한다.
그리하여, 많은 이들이 언어의 행간을 읽으며
마음속 잔잔한 위안과 힘을 얻길 바라며
봄볕처럼 따스하고 행복했으면 한다.
내가 섬 생활을 잘할 수 있도록
바람막이가 되어준 두 아들과 형제, 친척,
이웃들의 도움과 항상 진심 어린 마음으로

응원을 아끼지 않았던 지인과 문인들의
따뜻한 격려에 감사를 전한다.

봄

꽃의 안부

홍매

소문만 먼저 보내고
꽃은 아직 오지 않았네

길은 멀고
마음은 가깝고

면사포 쓴
시든 장미라도 봤으니
그대 온 거나 다름없네

영산홍

그래
그렇게 울거라

산기슭 언덕
소리소리 낭자한 울음
목덜미 뻐근하도록
콸콸 쏟아 놓고

불길 번지는 영토
저며내지 말고
뜨겁게 타거라

화끈거리는 심장
박동을 고르거라

다시, 봄

두 번 다시 오지 않을
진분홍 물결이
초록빛 심장 속에서
일고 있다

아직은
한 방울의 열정도
아껴야 할 때

봄바람 닿을 때까지
흔들지 마라

오월의 안부

잠긴 대문 넘어 꽃을 보러 온 이가
마당에 아무렇게 걸린
아무렇지 않은 무질서 속
질서가 있는 그림에 마음 뺏겨
오월의 소식을 보냈다

집 비운 이도
집 앞 지나는 이도
집을 살피는 이도
저 혼자 피었다 저 홀로 지는
황홀하고 찬란한 꽃 풍경이 안타까워

대문 넘어 시리게 시리게 바라보다
양귀비꽃, 장미꽃 흐드러진 빈집 뒤로하고
아프게 돌아섰을 붉은 그리움
어떻게 빠져나갔을까

나는 사진만으로도 이토록
가슴 저리고 벅차 오는데

바라보지 못해
손길 주지 못해

달려가지 못해 미안해
눈 감아도 보이는 나의 그리움
가슴 한복판에 걸어 놓고

지금이 가장 아름다울 때라며
지금이 가장 보고 싶은 순간이라며
오월의 사랑이 저 홀로 깊어간다

개나리

낳기만 하면
저절로 크는 줄 알았다

낳고 보니
동티날까 호호 불어가며
밤낮으로
수만 번 오간 손길

배꼽이 떨어져야
눈 마주치며 방긋방긋 웃고
옹알이한다며

명주실 길게 늘어놓고
언제 크나
마음 졸여가며
안달했던 그 아이

병아리 가방 메고
유치원 간다

봄눈

막 물오른 피부
무얼 바른들 안 예쁠까
입자 굵은 분가루
바르고 덧발라도
들뜨지 않은 뽀얀 세상

화장 번질까
조심조심 걸어가
촉촉한 살결
만져만 보고 돌아서려는데

바람이 끼어들어
깔짝깔짝 건드는 통에
미세한 별 가루
까르르 까르르 날리어
입속으로
소복이 쌓인 하얀 웃음

젖은 마음의 옷을 벗는다

기억의 봄 속으로

나도 섬진강에 서면
꽃이 피려나
매화꽃 옆 나란히 서
웃고 있으면
꽃으로 보이려나

천상에서 내려온
한 무리 나비 떼
꽃으로 내려앉는 섬진강에
몸 날리면 바람보다 가벼운
은빛 날개 돋으려나

봄바람 타고
서울로 온 섬진강 봄
매화가 어떻고 산수유가 어떻고
벚꽃이 어떻고 강이 어떻고

가 보지 않고도 본 것처럼
몸이 하늘로 떠오를 때면
나는 섬진강이 그리워 몸살 앓는다

섬진강에 서보면 안다

꿈속에서라도 달려가 품어보고 싶은
그 향, 그 숨결

봄비

밤새 잠을 설쳤다

그대 오는 소리 듣느라

9.
꽃신

좋은 신발 신으면
좋은 곳으로 데려다준다는데
궁금하다

갈 곳 많고
가고 싶은 곳 많은 날,
이 꽃신은
어디로 데려다줄지

흑매

연둣빛 그리움이 가슴에서
꼬물거리는 입춘이 지나자
붉고 흰 나무 피가 돌기 시작했다

긴 겨울
지루한 기다림 헛되지 않았음을

동면에 든 영원불멸의 꿈
체온과 체온 나누며
하나둘 깨어나 술렁이는 뜰
환희의 꽃망울 찾아왔다

11.

봄 앓이

갈비뼈 밑
원인 모를 통증 느껴지거든
그리움인 줄 아세요

밤낮 수시로 찾아오는 봄바람에
쉽게 마음 열지 못하고
꾹꾹 누른 가슴

힘없이 창백해져 가도
기다림의 몸부림이라 여기세요

그래도 겨드랑이 부풀어 오르거든
세상에서 가장 아름다운
꽃이 피는 중이라 여기세요

아프지 않고 피는 꽃 없으니까요

지샌달

야윈 모습으로 찾아온 그댈
외면할 수 없어
창문 열어두고 잠이 든 고단한 밤

그대 홀로
하얗게 머물다간 자리
흐릿하게 남아 있다

13.

조릿대에 맺힌 물방울

통틀 무렵 작은 우주 속
너와의 짧은 인연
나는 너를 통해 깨끗함을 보았고
너는 나를 통해 세상을 보았다

너로 하여
그 흔한 일상의 아침이
찬란하게 열리는 순간

우주 속 작은 세상
출렁이는 그 가벼움
이슬 고였다

꽃의 안부

겨울잠에 든 나무들
긴 호흡 안으로 내쉬며
쉼표로 서 있는 정원의 시린 발끝
물음표 찍는 아이 있다

밤톨만 한 뿌리에
숨죽인 작은 생명
포근한 햇살에 긴 잠에서 깨어
촉 하나 내밀어 놓고
부픈 꿈을 피우려 한다

작은 촉으로 또박또박
절절하게 써 내려가는 꿈 하나
내 창가
고운 명시 한 편 쓰여 있다

입춘

연둣빛 말이
가슴에서 툭 터지며
단내나는 입술
매화꽃 피었다

4월이면

벗꽃 흐드러지게 핀
어느 화창한 봄날
당신이 그토록 좋아하던
벗꽃 융단
서럽게 서럽게 즈려밟고
다시 못 올 아득한 길
꽃 속 꽃 되어 떠난 그날

세월 가면
잊힌다고 잊힐 거라지만
흘러가는 세월만큼이나
더욱 선명한 당신,

벗꽃이 핀다고
벗꽃이 진다고
가는 곳마다 들뜬 소리
야단법석 떨어도

당신 떠난 그날
벗꽃도 함께 떠났다

벗꽃 피는 봄이면

그리움도 피어
눈물 되어 휘날리는 사월
벚꽃이 진다

꿈 뜰

어머니 떠난 빈집
꽃들이 살림을 차려 반긴다

철마다 마당 가득 핀 꽃 보러
너도나도 대문 들어서는 발길
저마다 가슴에 꽃 하나씩 품고 간다

가장 큰 기생초 꽃 수문장
대문 지키고 섰고, 담쟁이 보초병
오래된 돌담 무너질세라
단단히 에워싼 초록 물결 틈 하나 없다

온갖 꽃으로 빼곡한
꽃 귀신이 판치는 작은 꽃 성
비밀의 정원이 된 지 오래다

주인의 부재로 대문은 잠겨 있어도
향기 따라 소문 따라
바람 타고 날아온 문밖 기웃거림

꽃 귀신이 산다는 소문의 본적지인
비밀의 문 열고 들어가 보면

발 디딜 땅은 보이지 않고 꽃만 보인다

꽃들을 헤집고 들어간 아담한 꿈 뜰
바라보는 곳마다 꽃 천지
나는 꿈에도 걸어본 적 없는 꽃길을
날마다 걷고 있다

징조

나무가 욱신거릴 땐
꽃이 피거나 단풍이 든다

몸이 욱신거릴 땐
회색빛 하늘 어둑어둑
비가 내린다

마음이 욱신거릴 땐
영혼의 상처 찢고
시 꽃이 핀다

벚꽃 나들이

팔도에서 미색이 가장 뛰어난 처자들
궁에 입궐했다는 소문 듣고
혹여, 나도 눈먼 누군가의 간택 기대하며
비단 스카프 하나 걸치고
한때 미모 뽐내며 궁에 들었는데

담장 밑 끝없이 늘어선
연분홍 진분홍빛 족두리 쓴
궁녀의 눈부신 자태에 놀라
와르르 쏟아지는 꽃 꿈

입 한 번 열지 못하고
나오는 숨죽인 가슴
깊게 깊게 스미는 꽃물
궁녀의 눈물이 진다

불면증

달빛에 홀려 잠을 놓쳤다
잠 없는 소리 따라
담 넘고 골목 돌아
지구 반 바퀴 돌다 와 보니
이른 아침,

멍한 촉수 길게 세워
풀벌레 소리 가장 잘 잡히는
창 쪽 풀숲 주파수 맞춰 놓고
내려앉는 눈꺼풀 잠을 끈다

꽃차

서로 오래 마주 보다 보면
그윽한 향기
저도 모르게 스며
물들고 물들다

뼛속까지 중독되어
돌이킬 수 없을 때

비로소 하나 되어
깊게 우러나는
진실하고 정직한 맛

초대

흰 식탁에 내려앉은
저녁 햇살 한 줌
정갈하게 깔고

주름진 세월만큼이나
오래 함께한
따스한 마음 걸친
풀잎 같은 결 고운
이웃과 마주 앉아

양귀비꽃보다 더 붉은 꽃
피워내는 풍성한 저녁
디저트로 별을 따야겠다

모란이 필 때면

앞집 마실 다녀오시던
어머니 뒷짐에
큼지막한 목단꽃 들려 있다

목단 좋아하시는 당신
목단 피는 오월이면
향기에 이끌려
자주 앞집으로 마실 가시곤 했다

마실 다녀오시는 날이면
뒤뜰에 핀 목단꽃 부러워
모란 모란 노래 부르던 어느 날
보기도 아까운 목단꽃 한가지 얻어왔다며

목단보다 더 고운
환한 웃음 지으시던 팔순의 소녀,
잊을 수 없어
살아생전 안겨 드리지 못한 목단꽃
앞뜰 뒤뜰 향기 날리어도

당신 없는 목단꽃
부귀영화 무병장수를 염원한들
무슨 소용 있으리오

오월이 지네

잊지 않을게
네가 가장 아름다웠던 순간을

꽃 필 때도
꽃 질 때도
와르르 와르르

소리 없는 소리에
눈길 둘 곳 없는 내 마음
와르르 와르르

붙들고 싶은
오월이 지네

봄 뜰

하염없이 기다렸던 봄
얼음 녹고 기별이 왔다

문이란 문 활짝 열어 놓고
어서들 오시라 뜰 마당 다 내주며

테라스 햇살 보
깔아놓고
봄 마중에 들떠 한눈파느라

찬 바닥에 엎드려
선한 눈빛으로
먼 산 바라보는
순한 강아지 잊었다

공조팝꽃

긴 레이스 드레스가
우아하고 황홀한 그녀

독보적인 자태에
마음 뺏긴 벌들
우왕좌왕 소란하다

앞태를 보나
옆태를 보나
뒤태를 보나

참 예쁜 저 신부
나도 저랬을 때 있었지

신부 들러리는 샤스타데이지
하객 눈길 사로잡고
귀여운 카마시아 화동
천방지축 뛰어다녀도
그저 어여쁘기만 한

제라늄 데니스 장미 부케는
어떤 친구가 받을까

오월이 달다

단 햇살 바람에
산딸기, 연초록 풍경이
짙게 익어가는 오월 끄트머리

갈대 늪 보금자리 튼
노루, 꿩 가족
몸 낮게 낮추고
낮잠에 빠진 달콤한 한낮

들 바다 은은하게 울려 퍼지는
새들의 노래 평화롭고 나른한 들녘
어린 녹두 순
손뼉 치며 올라오고 있다

슬픔

창가에 환하게 올려놓고
정성 쏟았던 먼 꿈 하나
떠나보낸다

무엇인가
소중한 것을 잃어버릴 것 같은
어둡고 습한 날은
늘 꿈속에서도 비가 오고
흰 천이 젖고 아이들이 보였다

앵무새가 떠날 때도
어머니가 떠날 때도
난 아득한 꿈으로 떨어지는
그들을 깨우지 못하고
속수무책 보고만 있었다

아무리 두드려도 깨이지 않는
꿈 없는 꿈 들여다보며
난 무엇을 기다리고 있었던 걸까

낮인지 밤인지 모를 거기엔
억겁의 꿈들만 하염없이 갇혀

흐느적거리며 허공으로 흘러갈 뿐

길도 경계도 지워진
빈 하늘

비 한 줄 쓰다 가시겠다면
오늘은 그냥 지나가시라

여름

지우고 지나가기

비를 읽다

온통 간판뿐인 동네 골목
귀퉁이 찻집에 앉아
왕관 모양의 물꽃 바닥에 부딪히며
사라졌다 다시 일어서는 꽃잎의 파문
잔잔하게 흐르는 물빛 속에서
생의 가장 아름다웠던 기억의 시간 보며

나는 온종일 물속에 잠겨
기다림 없는 기다림
약속 없는 약속이 행복해
집에 돌아가는 걸 잊었다

돌아보면 너는 언제나 가슴 길 지우며
물결만 일으켰던 우울한 꽃송이
섧디서러운 울음 다 어디로 흘려보내고
맑게 걸어와 내 몸속으로 스미는
순한 그대, 동그란 마음을 본다

현악 3중주

하늘의 갑작스러운 소등으로
침묵에 갇힌 흑백 무대 속에서
한 줄기 빛 따라 가늘게 들려오는
선 밖 지붕 위

악보에 없는 시원한 말발굽 소리
허공 쉼 없이 달리다 바람에 부딪혀
떨어지는 온갖 소리

하늘에서 돈키호테라도 데려온 걸까
얼마나 먼 거리를 빨리 달려왔으면
오래된 가죽내, 바람내, 꽃내, 풀내
습한 흙내 소리에 섞여 떨어지는

저 경쾌하고 힘 있는 리듬에 맞춰
천진한 물방울 맨발로 뛰어다니며
춤을 춘다

물방울 소리 악기 되고
악기 된 물방울
생명력 넘치는 화음 속에서
너와 나 하나 되어 물꽃 피우며

스미고 스미어
귀와 눈이 열리는 소통의 시간

나는 슬그머니 벽 뒤에서 나와
너의 소리 듣는다

달빛 샤워

뱃부의 아름다운 야경이
황홀하게 흘러내리는 노천탕에
몸 담근 보름달, 어둠 희롱하며
마음의 옷을 벗는다

베일 속 굽이굽이 곡선마다
숨겨 놓은 풀꽃 향기
방울방울 피어 날아올랐다

물속 서서히 잠기는 젖은 날개
삼켜버린 보름달
별 달 고여 빛난다

일몰

가지 끝
손가락으로 가리켰을 뿐인데

단물 흘리며
자꾸 줄어드는 홍시
산 등 핥는 구름 떼

시간의 벽을 밀면 비밀의 정원이 있다

시간의 벽을 밀면
몇백 년 된 작고 아담한
비밀의 정원이 있다

오래된 시골 돌담길
돌고 돌아
막다른 골목 끝

푸르고 맑은 것들만 산다는
허름하고 낡은 정원에는
터만큼이나 나이 든
동화 같은 이야기
꽃과 나무로 쓰이고 읽히는
마법의 정원이 있다

먼 옛날
말이 뛰어놀다 바람 되어 사라진
할아버지의 할아버지
아버지의 아버지 어머니의 혼이
살아 숨 쉬는 치유의 쉼터

길 잃고

꽃 찾아 기웃거리는 이
꽃에 홀려
시간의 벽 밀며 들어온다

꽃 앞에서

눈 감아도
입 막아도
새어 나오는 웃음

너도 그렇고
나도 그렇다

꽃 앞에서는
숨길 수 없는
그 마음

너도 알고 나도 안다

적멸

다시,
억겁의 어둠이 눈 뜬 아침
또다시,
그 억겁의 어둠으로
들어가는 밤

아득하다가도 환해지고
후끈하다가도 속이 까맣게 타들어 가는
두 세계를 넘나드는 경계에서

가슴으로 쓴 무언의 슬픈 문장만
새벽하늘을
붉고 푸르게 물들이고 있다

지우고 지나가기

나는 지금 포맷 중
세포들이 몸에 저장된 기억 지우느라 아프다
몸도 오래 쓰다 보면
삭제 기능이 말을 듣지 않는다

마음이 몸을 통제해버린 탓일 거다
몸속 메모리에 저장된 불필요한 기억
깨끗이 지우고 나면
무겁고 덜컹거리던 지친 몸
아프다고 안 하겠지

이제 모든 걸 지우고
몸도 마음으로부터 자유롭게 놓아주련다
모질지 못한 마음 때문에
약한 몸 물처럼 스며드는 고통 참아내느라
얼마나 힘들었을까

늘 바보처럼 살자고 다짐했건만
원인 모를 통증과 우울이
내 몸을 점령하고 나서야
어리석음을 깨닫는다

좋고 나빴던 기억 모두 지우고
이제 놓아주련다
아니, 악몽에서 깨어나련다

꿈에서 깨고 나면
몸도 마음도 새털처럼 가벼워
세상으로부터 자유로워질 거야

여름 장미

나를 바라보는 너의 눈빛도
예전처럼 맑고 깊지 못해
이제 나는 전처럼 무엇을
맘껏 사랑할 수 없게 되었고
어느새 나의 가슴은 열정 대신
애틋함이 자리하게 되어버렸지만

그 흔한 핏빛 장미는
내 가슴을 저리게도 하고
꽃송이에 연연해 밤잠을 설치기도 하며
피고 지는 추락의 연습을 거듭하는
순간순간을 지켜볼 때면

나는 그를 더욱 소중히 여기게 되었고
단, 한 송이 꽃도 함부로 할 수 없는
그 꽃송이에 이미 오래전 기울고 흔들려
행복한 포로가 되어버린 6월,

뜨거웠던 그 시절
핏빛 꽃송이에 연연한 탓이라 해두자

그리움이 짙고 선명한 날은

하늘이 바다 되고
바다가 하늘 되는

하늘 바다 구분 없이
모든 경계가 사라진
하나 된 광활한 맑은 배경 속
배도 가고 낮달도 떴네

반짝반짝 윤기 나는
검푸른 하늘 바다로
새인 듯 새 아닌 은빛 물고기
번쩍 솟구치며 날아올랐다
허공에 선 한 번 긋고

철렁, 회전하며
수면 속 고요히 사라지네

어떤 안부

내가 깊은 꿈에서
길 잃고 헤매고 있을 때
잠 잊은 그대,
서랍 속 빛바랜 추억 꺼내
그리움에 젖어 깨어 있었노라고

누구나 다 그러면서 살겠지만
나도 그냥저냥 잘 지내고 있다고

가끔 바람결 잊은 것들의
안부도 놓고 받으며
무심한 듯
무심하지 않은 듯

그리운 듯
그립지 않은 듯
특별한 것 없는 하루하루에 실려
세월 속 흘러가고 있다고

우리 한때 꽃 피웠던
첫눈 같은 붉은 시절 가슴에 품고
아름다운 추억 등대 삼아

머지않아 닿게 될 포구 향해
느리고 고요히 가고 있다고나 할까

수련

하늘 아래
흩어지지 않은 구름 한 조각
진흙탕 딛고
가부좌 튼 화승(花僧)의 정수리 위로

현세와 내세 잇는
맑고 고결한 영혼의 빗물
쉼 없이 뿌려대도

한치 흔들림 없는 꼿꼿함
비바람 휘청이며 지나간다

41.

네로의 방화

밥 먹다 말고 밖으로 뛰쳐나와
바다 불태우는 네로의 방화를 본다

불타는 로마를 내려다보며
누각에 올라 리라 켜며
노래를 불렀다는 네로
역사가 왜곡되었을지언정

난 뒷밭에 올라
네로의 빗나간 방화에 현혹되어
가슴까지 번지는 불길 막을 길 없어
물속 흘러내리는 불바다 보며

침묵 속 네로의 노을 한 숟가락 떠
입속으로 삼켰다

저물어간다는 건

새벽 4시
칠흑 같은 마당에 나무처럼 서
별 하나, 별 둘, 별 셋,
북두칠성까지 찾다가
내 별 찾아 눈도장까지 찍어 놓고
돌아서도 긴 밤

외롭다기보다는, 쓸쓸하기보다는
그냥 이유 없는 서글픔에
잠 잊고 마당 서성이며 뒤척이는 일이
나이 탓으로 돌리기엔 아직 이른

늙으면 초저녁잠이 많고
새벽잠이 없어진다는 그땐
어머니가 왜 꼭두새벽
비탈진 험한 밤길 더듬거리며
들로 나가셨는지
몸이 부서지라 일만 하셨는지
도무지 이해 안 돼 속상했는데
나도 나이 들어보니 알겠다

한주먹도 안되는 그 속

그 무엇으로도 채울 길 없어
자꾸 비어오는 허한 가슴
이슬 맺히는 밤, 새벽달로 떴다

꽃론 1

꽃들의 주거지가 되어버린 시골집
마당 앞뒤 뜰은 꽃들의 영역
집안은 내 영역
집을 오래 비울수록
꽃들의 영역은 자꾸 넓어지고
내 영역은 좁아져

꽃 사이 요령껏 빠져나가도
발 딛기 조심스러워
꽃 눈치 보며 걸어야 하지만
이 또한 행복한 불편

어떤 이는 지저분한데
마당 보도블록 틈새에 난 꽃은
다 뽑아버리지 그러느냐지만
무질서 속 질서와 철학이 있는
꽃의 꿈 터

씨앗 한 톨 꽃 한 포기
쉽게 뿌리내리고
살아난 생명 어디 있을까

꽃이 살아온 시간 생각하면
꽃 한 포기 함부로 뽑아내지 못하는걸
게으르다 할 수 없는 일

내 집에서 자리 잡은 꽃만큼은
누가 뭐라든 나 좋고 꽃 좋으면 됐지
이보다 더 좋은 꽃 궁합이 어딨을까

꽃은 주인 잘 만나 운 좋고
나는 예쁜 꽃 거저 얻어 행운인

앞으로 땅은 얼마든지 내어줄 수 있으니
종족 번식은 그대들의 몫,
맘껏 꽃피우고 번창하시라

섬에서 섬으로

바람에 떠밀려
마음에 떠밀려
바이러스에 떠밀려
흘러 흘러 섬까지 왔다

어쩌면 우린
처음부터 섬에서 태어나
섬으로 살다 섬이 되어

오지 않을 배를 기다리며
푸른 바닷길만 시리게 바라보다
그리움이 되어 저물어가는
밀물과 썰물

쓸쓸한 바다 한가운데
외롭게 핀 소금꽃 한 송이

누구의 자식으로, 누구의 엄마로
가슴에 무겁게 지고 온 짐
내려놓지 못해

육지도 섬도 아닌

삶의 바다에 발이 묶여
오도 가도 못해 날마다 길을 찾는
청석금 등대 짠하게 섰다

선착장에서

바닷속이 훤히 들여다보인다
보지 말아야 할 것과 보고 싶었던 것들이
적나라하게 드러난 복잡한 속을
맑디맑은 하늘이 그림처럼 내려앉아 허물을 가렸다

바닷속보다 더 복잡하고 어두운
사람의 마음도 이처럼 훤히 들여다볼 수 있었으면

허물이 허물을 들춰내는 세상
사람의 허물까지 가려주는 하늘이 있다면
사람들은 더 이상 상처로
슬퍼하거나 아파하는 일 없을 텐데

우리는 그 속이 짙은 잿빛인지
밝은 빛인지 가늠하지 못해
어리석게 소중한 걸 잃고 나서 깨닫는다

삶의 밑바닥에는 언제나
바닷속처럼 알 수 없는
숱한 상처의 파편이 수두룩하고
부딪치면 깨지는 암초나 감당할 수 없는
거대한 슬픔이 난파선처럼 가라앉아 있어도

속을 숨긴 채 삶의 물살에
떠밀려가고 떠밀려가며 사는 우리

저 짙푸른 바다의 속 깊은 맑음처럼
모든 걸 끌어안고, 품고, 덮어주며
잔잔하게 흘러가는 저 성스러운 고요를
들여다보고 또 들여다본다

반딧불이

쇠똥 밭에 굴러도 이승이 좋다고
늦게 만나 어렵게 이룬 풀빛 사랑

억새 숲에 초가집 짓고
어둠 속 보일 듯 말 듯 작은 빛으로
가난하고 힘없이 숨죽여 살더라도

우리 힘들게 지켜낸 삶의 빛
바람에도 한 점 꺼뜨리지 말고
별빛 달빛 등불 삼아
하루를 천 년처럼 행복하게 살다 가세

아침이 깨는 소리

옆 산 뒷산 앞뜰
온갖 새, 곤충, 풀벌레 소리
잠 못 이룬 후끈한
여름 소리 다 모여
소리 숲이 된 허공

잠 부스러기
재잘재잘 떨어지는
고단하고 감미로운 귓전

대숲, 이탈한 음
너만 홀로 저만치 떨어져
그늘에 누워 있다

소리, 그 너머

이른 아침 금화규 꽃 너머
뒷산 뻐꾸기 왜 그리 슬피 우는지

허허로운 마음 따라
소리도 허허로운 저 뻐꾸기
먼바다로 날아간 친구 그리운
먹먹한 소리에
핼쑥한 아침 뒤숭숭

잿빛으로 가라앉은 앞바다
고흥 팔영산 능선 위로 찬란한 빛무리
서서히 붉어지며 건너오다
물결 하나 일지 않고 해를 낳자

슬그머니 사라지는 어스름
꽃 향한 눈부신 조명에
더 바빠진 손
금빛 꽃잎 살포시 움켜쥐고

귓전 얼얼하게 맴도는 뻐꾸기 울음
소리, 그 너머 두고
시간에 등 떠밀려
서둘러 돌아온, 너와 나의 거리

압화

그대 고운 모습 오래 보고 싶어
투명 비닐 속 가둬 두고
흐뭇한 미소 짓느라

꺾인 날개 뒤
감춰진 울음 미처 못 보고
영혼까지 차지하려 했던 날
부디, 용서하시라

50.

동심

물감 몇 붓 두 자루
심심한 벽
내 맘대로 그림을 그렸다

그림보다는
낙서에 가까운 그림을 그리면서
원 없이 웃어 본 그날

그림을 너무 못 그려서 웃고
웃겨서 웃고, 재미있어서 웃으며
그림 아닌 그림이 완성된 웃음 벽화

그림을 그린 이도
그림을 보는 이도
자꾸 웃게 되는 재미난 벽화

잘 그렸다는 칭찬도 웃음
웃는 모습 보며
웃고 웃느라 저물어 간 하루
벽화 속 그림이 웃고 있다

상산에서

시간 위에 오래 머물지 못하고
현실로 돌아와야 했던 아쉬움
거기, 그리움인 양 그림자인 양
봉화대 횃불로 세워두고

솔숲 쓸쓸한 바람으로
미끄러지듯 내려온 상산
휘청거리며 올랐던 가파른
오르막길, 또 언제 오를거나

그대 혼 다 태워보지 못하고
풀꽃, 바람꽃으로 피어 사라진
고귀한 영혼들이여!
현세와 내세 두려워 마라

하늘 아래 흩어지지 않은
선조의 혼이 담겨 있는 숨 쉬는 땅
바람으로 영원히 지키며 춤출 것이니

거두거라 눈물 거두거라
가냘픈 몸뚱이 휘감으며
살랑살랑 쉼 없이 불어라
나의 초록 바람이여, 숲이여!

비 오는 휴일

오래된 작은 정원에서
나는 쓰네
내 생의 가장 행복한 시간을

무겁게 걸친 헐거운 시간 벗고
비에도 허물어지지 않는
단단하고 여문 여름을 쓰네

삶의 문지방 넘지 못해
바다로 흐르다 만 꿈들
들여다보며 나는 쓰네

여름을 읽고 비를 쓰네

바람의 안부

나 구름 타고 섬으로 가
그대 창가에 내려앉아
말간 바람이나 눈 부신 햇살 되어
잠 덜 깬 부스스한 얼굴
아침을 깨우고 싶네

나 그대 마당
여러 빛깔로 피어나는
어여쁜 꽃 되어
아침 인사 가장 먼저 건네며
하루를 환하게 열어주는 기쁨이고 싶네

알아들을 수 없는 재잘거림으로
꽃밭 수시로 들락거리며
고요한 그대 평화로운 시간 쪼아대며
눈길 맘 길 빼앗는
귀여운 참새 되어도 좋으리

이것저것 될 수 없다면
저 앞 짙푸른 능선이 되어
나는 그대를 바라보고
그대는 나를 바라보며
한 풍경으로 살아가도 좋겠네

섬, 소리 꽃

태풍으로 육지 가는 발이 묶였다
노래처럼 들리는 정겨운 통통배 소리
경운기 소리, 사람 소리 멈춘 섬마을
소리 꽃 피었다

멈추어야 비로소 들리고 보이는
온갖 새들의 감미로운 지저귐
대숲에서 일렁이는 파도 소리
뒷산 참소나무 숲에서 불어오는
은은한 솔바람 꽃으로 피었다

빨간 양철 지붕 위로
화들짝 떨어지는 풋감 소리마저 꽃이 되는
접시꽃 흐드러지게 핀 뒤안길
사뿐사뿐 지나가는 길고양이의 미묘한 소리

꽃에 취한 벌 나비 떼
어깨 춤추며 흥얼거리는 소리
꽃의 숨소리까지 듣느라
말을 아끼게 되는 향기로운 시간

소리 꽃 바글바글 피는
여기는 꽃 천국

애플망고의 꿈

꿈 빛깔이 궁금해
버려진 애플망고 씨를 심었다

예쁜 꿈만 꾸었는지
초록 눈이 싹트기 시작했다

떨어지고 무서운 꿈만 꾸었는지
새순이 돋고 키도 컸다

그렇게 깨워도 깨워도 꿈속 꿈만 꾸더니
어느 날, 진초록 나무 됐다

달빛 자장가

푸른빛 쏟아져 들어오는
남쪽 창 너머
나무 그림자 일어나
구름 속으로 사라지자

아득한 거리
한걸음에 달려와
자장가 불러주는 달빛

뒤척이는 밤
불침번 되어
가만가만 지켜보다

지붕 위
박꽃처럼 잠든 그대
졸린 눈으로 바라본다

58.

유리잔 밖

빈 유리잔 속
심장이 채워진다

입술이 심장에 닿을 때마다
끈적이는 향
출렁이는 붉은 물결
잔 넘고 마음 넘어
다시 잔잔해진 수평선

쓰고 진한 삶의 향기
파도처럼 일어나
허공에서 부서지며
잔 밖으로 달아나는
비틀거리는 너

장마 유감

이틀째 쏟아지는 폭우로
비 피해 처마 찾은 젖은 짐승들
잠 잊은 두 눈만
어둡게 앉아 떨고 있다

밤새 내리치는
천둥 번개와 장대비로
지붕의 무게는
몇 곱절 낮아진 빗소리
천장 향해 빗발치는 물 화살
지붕도 뚫겠다

통제 불능
예측 불허의 빗소리에 잠겨
은사시나무가 됐던 창백한 밤
비는 결코,
낭만이 아닌 두려움이었음을

남이섬

끝이 보이지 않는
전나무 겨드랑이는 아니더라도
남이 장군 닮은 실한 전나무
정강이라도 툭 치고 지나가면

별이 쏟아지는 숲길
전나무 향에 취해
전나무는 백마 탄 흑기사로 보이고
흑기사는 어느새 도깨비 되어
홀리고 홀리는
신비로운 반달 섬에 잡혀
나룻배 놓쳤다

섬이 날 가둔 건지
내가 섬을 떠나지 못한 건지
반달에 이끌려 둥둥 떠다니다 갇힌

그 섬엔 흑기사도 방아 찧는 토끼도 없고
물안개 치마폭에 안긴 반달만 떠 있다

추억의 바닷가

여름밤 바닷가 길 위에
덕석 깔고 달빛 이불 덮고
서로의 심장 품으며
파도 소리 자장가 삼아 잠들었던
어릴 때 그 바닷가는 이제 없다

이른 아침
잠이 덜 깬 머리 위로
소 끌고 지나가는 아재도 없고
멱 감고 별 세며 놀았던
동무도 이제 없다

하늘 보며 깍금재 오르던
숨찬 그 들길, 발길 끊긴 지 오래
길도 늙어 숲이 되었다

너도나도 고향 떠나 잊고 사는 동안
고향도 늙어 떠나고 변한
젊은 그 풍경
그 아름다움은 간데없고
낯선 풍경만 자리를 채워가는 갯가

언제 몰려들었는지 모를
철새 떼 소리 하늘 찌른다

62.

유럽 여행에서 돌아와

카메라에 담긴
낯선 발자국 열어
기억의 기억을 더듬는다

욕심껏 눌러 담은
이국 풍경에 마음 뺏겨
더위 잊은 그해 여름

수많은 스침 품고 품느라
미처 돌아보지 못한
지난 풍경 속 그리움 잊지 못해
돌아보고 또 돌아봐도

세월 속
가장 아름다운 추억으로 남은
가족여행, 소중한 순간들
저물어갈수록 빛난다

첫 출사

알아간다는 건 생각보다 어렵다
사람이든 기계든 그것이 무엇이든
알고 나면 아무것도 아닌 것을
호기심 때문일까

본능적인 것들은 다
새로운 것에 집착한다
결국, 그것도 시간이 지나면 시큰둥
시시한 그저 그런 것에 지나지 않을 것에
눈이 빛나고 목이 뒤틀리고 몸이 기운다

소리 나는 쪽으로 시선 던져 놓고
소리가 걸려들길 기다리는 그 짜릿함
풍경 속 심장 뛰는 소리에

눈이 먼저 달려가
능숙한 솜씨로 모니터 들여다보며
행복에 취하는 그 눈빛, 야릇한 전율에
머릿속은 오로지 한 생각뿐

흔적

어느 날
당신 머리 염색하다
흰머리 한 가닥 일 원 받고 뽑던
그 옛날 돌아가고 싶어
뒤돌아서 한참을 울었습니다

멀지 않아
소리 없이 새어가는 꿈들 서글퍼하며
거울 앞에 설 그날
나도 당신처럼 편안할 수 있을까요

삶의 불신도
후회도 증오도 없는
고독할 정도로 담담한 당신 표정이
내 가난한 내면을
장미 가시로 깨우고 있습니다

하마터면
그 질긴 고독에 빠져 의심할 삶을
가슴 속 풍요와 가능성으로
다시 성숙하게 일어나 살아가라는 당신
검은 머리 흰머리 되도록

깊고 부드러운 사랑으로
내게 주어진 만큼 만족하며 살겠습니다

섬

때론 선명한 것보다
보일 듯 말 듯
희미하게 보이고 싶을 때 있다

보이고 보이는 것에 지쳐
더는 보이고 싶지 않아
떠 있는 것조차 버거워
힘이 드는 섬 속의 섬

마냥 떠 있기만 하면 되는 줄 알았다
마냥 떠 있어도 보이지 않는 섬이 되고 싶었다

나는 섬 밖 섬으로 간다

바다 따라 강으로
강 따라 바다로

기도

석촌 호수 벗어나지 못하고
날마다 맴도는 날 보고
사람들은 산으로 가라 한다

어디 산뿐일까
난들 가고 싶지 않아
길 잃은 새처럼 제자리만 맴돌까

초록이 우거진 숲이라면
어디든 날아가
눌러앉아 버리고 싶은 맘
맴돌다 다시 제자리

초록 꿈을 꾼다
마지막 꽃잎까지 피고 져도
날 뜨겁게 바라봐 줄 내 자리
꿈이 핀다

흐린 어느 날

물기 젖은 전깃줄에
길 잃은 산비둘기 한 마리
반나절 우두커니 앉아 있다

허리 휘도록 불던 바람
오늘은 비둘기 옆에 앉아
속이 타들어 간다

이럴 때
해라도 방긋 웃어주면 좋을 텐데

아침 풍경

온다던 비 대신 햇살이 왔다
바싹바싹 마른 냄새 청명한 초여름
온갖 천이 나와 몸을 말린다

앞뒤 창문 다 열어 놓고
풍경 바라보던 초록 바람
하늘하늘 햇살 깁는 그녀 훔쳐보며
책상에 턱 괴고 앉아 풍경을 베낀다

희고 눈부신

기억의 서랍 속

언제였던가
곰곰이 생각해 보니
과거로부터 멀어진
희미한 기억 저편

되살아나는 귀에 익은
다정한 목소리
잔잔하게 남아 있는
가슴 언저리

세월 가도
결코 잊을 수 없는
고요 속 울림
어떻게 잊으리

남당포구

긴 섬 뒤로
날아간 새를 기다리는 건가요
바다의 제물이 된
아름다운 일몰을 기다리는 건가요

아님, 고기잡이배 돌아오지 않아
서러운 건가요
돌아오지 않는다고
돌아갈 곳 없다고 울먹이지 마세요

가도 가도 끝없이 포개져
되돌아오는 외로움에
돌아오지 않는 거라네요

돌아볼 때마다
할 말도 많고 서러울 것도 참 많은
말간 울음이 어여쁜 그대

마르지 않는 눈물샘
숨결로 뜬 등불
섬 밖 또 다른 섬 불 밝히려다
눈물샘도 조용히 창 닫네요

밤바다에 뜨는 별

밤바다에 앉아 별을 뜬다

바닷가 사람만 아는
바닷속 별을
두 손 가득 떠 낚는다

손가락 그물 사이
우르르 빠져나간 별·가·루
잡았다 놓쳤다 반복하며
밤 깊도록 별을 뜬다

은빛 물결 출렁이는 바닷속
별이 된 플랑크톤 밤새 떠 담아도
잡히지 않는 은빛별 무리
흔적 없이 사라져도

밤바다는 온통 별천지다

때가 되면

세상사 다 때가 있는 법
때를 놓친 꽃이나
때를 알고 피는 꽃이나
때를 기다리는 꽃이나
때가 아님에도 성급하게 피는 꽃이나
그때가 언제든 꽃 피는 그때가 그때임을

갈 것은 가고 올 것은 온다

강풍이 섬을 송두리째 흔들고 있다
가벼운 것들은 하늘로 바다로 들판으로
이미 떠났다
남아 묶인 것들의 사투가 바람과 맞서
서로 밀고 밀치며 가슴을 할퀴고 있다

그런다고 섬에서 태어나 섬이 된
섬보다 강한 섬것이 뽑히겠는가

섬을 덮치는 파도에도
눈보라 치는 매서운 동장군에도
섬을 집어삼키는 비바람도
다 견디고 이겨낸 섬인데

밀어낸다고 밀리고
뽑는다고 뽑힐까

바람에 이리저리 할퀴어 상처는 나겠지
상처 없이 살아가는 이 없을 터
바람이 흔든다고 의식까지 흔들릴까
모든 것은 집착과 욕심에서 비롯되는 것

잠에서 깬
내면의 에너지 바람 잠재운다

가을

하루 종일 바라본다

꽃씨

너만 보면
내 곁에 두고 싶어
자꾸 욕심내게 된다

널 단념하고 잊자니
눈앞 자꾸 아른거려
밤낮 꾸게 되는 꽃 꿈

향기로 맺은 너와 나 사이
시기와 미움이 아닌
설렘만 있어 좋구나

안녕, 가을아

삶의 한 토막이
지나가는 소리
짙고 붉구나

또 그렇게
한 생이 붉게 물들다
젖어
지나가는구나

생은 흔들리며 살다
흔들리며 지는 거

참 곱고 예쁘게 살아낸
그대에게
경의를 표하노니

부디, 가는 길
평안하소서
나의 아름다운 천사여

산국(山菊)

햇살 한 무더기 안고
그대 먼 길 찾아오던 날

야성(野性)을 물어뜯는 향기 번쩍
내 영혼 들어
구름 위로 날아오르고
붕 뜬 마음 어느새 꽃물에 잠겨
뛰어다니느니라 숨 고를 틈 없었던

금빛 물결 언덕에 기대앉아
나는 잠시
시끄러운 세속에서 벗어나
숨을 고른다

회귀

마음의 밑창이 닳도록
걷고 걷느라
곧 돌아오겠다며 인사 남기고
떠나왔던 그 길 잊고 있었네

바람의 농간이나
여우비의 한심한 이야기도
인제 그만 듣고 싶네

귀속 봄바람처럼 흘러들어온
아름다운 추억 품고
나 다시 돌아가려네

돌아온 곳
돌아갈 곳 있어 행복한
게으른 자의 기지개 소리 들리는
북쪽 창 닫고

얼룩진 귀밑 향기 피어나는
나 그곳으로 돌아가려네

반가운 손님

반딧불이 찾아
걷고 걸어도 만나지 못한
반딧불이를 저녁 식탁에서 만났다

구월 하고도 보름을 훌쩍 넘긴
시월로 가는 길에 반딧불이라니

간절한 마음
황톳길까지 전해졌나
선물처럼 찾아온 반가운 손님
여기서 황톳길이 어디라고
예까지 찾아왔을까

고마움에 상현달 곱게 뜬
밤 뜰로 날려 보낸
어둠 속 희망 불씨 하나 품고
깊어가는 밤, 너 닮은 별 떴다

남한산성에서

서로 부둥켜안고
우는 일 있어도
마주 보는 걸
그만두지 말아야지

길 잃고
헤매는 일 있어도
찾아 나서는걸
그만두지 말아야지

신갈나무, 굴참나무
하늘을 가렸어도
역사의 진실은
가리지 말아야지

서문에서 북문으로 이어지는
성곽마다 묵직한 이끼
오래 성곽 지켰어도

굳은살처럼 맺힌 원망의 외침
가슴에 화살로 박혀
울리는 치욕의 메아리

이젠 삭을 때도 되었건만

아뜩한 고독도
더러는 유수(流水) 같다고
발 쿵쿵 내디디며
묻힌 시간 찾아 나선 길

절뚝거리던 무릎
삼전도 향해 주저앉는다

늦가을 숲이기까지
(시 뜸)

생겨나고 사라지는 것조차
그냥 잊어버리자
이럴까 저럴까
그럴까 말까
생각이 다져지고 으깨지는 사이
삶의 빛은 점점 희미해진다

맞을까 다를까
이러쿵저러쿵
싱숭생숭 마음 뒤척이며
시간 저미는 동안

가슴에 개펄처럼 가라앉은
찬란한 문장들 오매불망
노래 되어 불리길 기다리다
어둠 속 빛 잃고 사라지는
저문 시 잠든 숲
운율의 맥박 쉼 없이 뛰고 있다

81.
이별 앞에서

오늘로써 그대 찾지 않겠다

둘일 때 까만 그리움보다
하나일 때 빛나는 고독으로
동그랗게 떠 반짝여 볼 일이다

이따금
꽁꽁 여민 추억 찬찬히 풀어
조심스럽게 깨물어 먹으며
한 번쯤 그윽하게
그대 이름 불러도 좋을

오늘같이 비 오는 날
사람이 그리운 날

감 떨어지고 감 잡았다

양철 지붕 위로 느닷없이 쿵!
떨어지는 햇살 한 줌

철렁 내려앉은 심장 부여잡고
소리 따라 뒤꼍으로 돌아가 보니

아뿔싸, 감나무가 노란 묽은 똥을
달게도 싸놨다

놀라움보다는 아까움이 더 컸던,

감 무게 따라 소리도 커지는
앞으로 몇 번이나 더
감, 뒷북치는
소리에 놀라야 가을이 익을지

단내 나는 감 똥 무더기에
독침 빼 들고 달려드는 벌떼들
감 떨어지고 감 잡으니 무섭다

코스모스 (2)

늘 꿈에서만 그리던 그 소녀
돌고 돌아 황톳길에서 만났다

가냘픈 몸매에
하늘거리는 색색의 쉬폰 원피스가
유난히 잘 어울리는 수줍은 그녀

진분홍빛 향기 나풀거리며
바람의 언덕에서 시를 읽고 있다

바람결 끊어질 듯 이어지는
그녀의 낭랑한 낭독 소리
청석금 들판 돌아
바닷가 몬당 은사시나무에 닿으면

한 생이 한 생을 만나 꽃 피운
거기 어디쯤,
그리운 향기의 본적지 있다

꽃밭에 잠든 아기별

새끼 잃은 암코양이
입에 생선 한 토막 물고
서럽게 울다 지쳐 목이 쉬어가는 밤

어미의 애절한 울음
어둠 속 타들어 가도
알 길 없는 아픈 밤

누구에게나 이별은 살 저미는 일
젖도 맘껏 물려보지 못하고 떠나보낸
이쁜 새끼 가슴에 묻은 저 어미
맘 아파 어쩌나

몇 날을 마당, 뜰 힘없이 돌아다니며
자식 잃고 자식 찾는 가난한 어미의
가슴 찢어지는 처절한 울음
차마 못 듣겠다

꽃밭은 문상 온
긴꼬리 검은 제비들로 줄을 잇고
어미는 남은 자식마저 잃을까
아픈 젖 물린 채 울음 베고 누웠다

물때가 되면
(섬, 낭도)

물이 나면 하던 일 멈추고
갯것 하러 바다로 달려가는 엄마들
구멍 뚫린 바람든 몸뚱이 뜨겁다

젊은 청춘 바다에 자식에 섬에 다 바치고
무슨 미련 남아 물때만 되면
유모차 없이 혼자 걷지도 못하는
굽은 허리 본능처럼 일으켜
바다로 나가는 팔순의 엄마들

내 입보다 자식들 입에 들어갈
비리고 짠 행복 생각만으로도 재미지다며
마디마디 저리고 시린 고장 난 아픈 몸뚱이
다 내어주고도 아깝지 않다는

섬 엄마들 가슴은 온통
자식 꽃 피워 놓고
외롭고 먼 고된 벼랑길
흔들리며 걷는 발걸음 날개 달았다

가을 담쟁이

길 잃고 차갑게 식어 가던 내 심장
너의 온기로 삶의 중심 향해
부지런히 뛰기 시작했어

낮고 높은 작은 보폭으로
온전히 나만의 몸짓
강인한 철학과 정신으로

마지막 숨 다할 때까지
절제와 본질, 투명함으로
끝까지 거슬러 오르는
강인한 나의 별

담쟁이

벽과 틈
공허로 잠식되지 않게
초록으로 뒤덮으려면

봄이 오기 전
겨울잠 속에서도 느릿느릿
줄기 향해 입김이라도 조금씩
불어 넣어 줘야
잎이 무성할 텐데

생각이나 걸음은 늘
한발 느리고 둔해
실천은 침묵 속으로
고요만 충만해지는
가을 끝,

벽에 휘갈겨 쓴
어느 문호의 강렬한 명필 몇 줄
훅, 정수리 뚫고 지나간다

몹쓸 가을 2

뭔지 알 수 없는 슬픔이
스멀스멀 밀려온다

그것은 아마
어떤 낯선 변화가 일으키는
충돌의 미세한 파장이거나

한 번도 가 본 적 없는
뻥 뚫린 길과
조금은 불편하지만
늘 다녔던 익숙한 갈림길 앞에서
갈팡질팡 바라보는 마음

아주 잠깐 내 색을 잃고
바람에 휘청 흔들렸거나
느닷없이 복권처럼 떨어진
행운을 만났거나

이도 저도 아닌
나완 맞지 않는 불편한 변화에
변화를 꿈꾸고 변화를 갈망했음에도
정작 변화 앞에 서게 되니

나를 잃지 않으려는 날 본다

그렇지, 가을이구나
멀쩡한 사람도 앓게 하는
그 몹쓸 가을이었어

국화 앞에서

눈 감아도 예쁘고
눈 떠도 이리 예쁜 그댈
어찌 사랑하지 않으리

호흡 속 깊게 파고드는
은은한 향기 따스하게 품고
긴 겨울
알몸으로 잠들어도 춥지 않겠네

단풍 차를 마시며

신문지에 단풍을 말리면서
단풍 도배를 해본다

빛깔 고운 성한 잎 골라
가지런히 펼쳐놓고
심장 뛰는 소리 들으며
정성 다해 말린 붉은 잎

빛깔로 보나 잎을 보나
붉은 포도주나 낭만적인
달콤한 맛과는 거리가 먼

가을 향 짙게 밴
쓸쓸하고 구수한 혀끝 감도는
은은한 맛이 깔끔한

가을은 가도 가을은 남아
가슴 데우는 붉고 따뜻한

상사화

가슴 속 품은 사랑
끝내 전하지 못하고
허망하게 떠난 그 자리

이루지 못한 절절한 마음 꽃 되어
서로 한 몸 되어 피고 져도
마주 볼 수 없는 어긋난 인연

이 무슨 운명의 장난이란 말인가

거리두기
(코로나19)

어느 날 갑자기
세상도 사람도 변하기 시작했다

어찌 된 일인지
가까웠던 사람들이 멀어지고
함께했던 이웃들이 침묵했다

말보다는
침묵이 더 필요한 세상
고요해서 좋지만
더는 할 말 없어 쓸쓸한

역병을 탓하기엔
너무 늦은 대응
이걸 무어라 해야 할지

가을이 익는 소리

시도 때도 없이
양철 지붕 두드리는 감 북소리
바람과 전투를 알리느라 요란하다
한 달 넘게 계속되는 은밀한 전투
환희의 불꽃들이 퍼질러진 붉은 지붕
잠들지 못한 북소리

잠결에도 예고 없이 쳐들어와
심장 강타해도
까닭 모를 가는 떨림

녹아내리는 멍든 소리
사라지고 살아남았다

낙엽을 태우며

이별 냄새가 쓸쓸하고 향기롭다

붉었던 시간이 타고
햇살 가득 품었던 마음이 타고
희로애락 함께 했던
바람 포옹한 가을이 탄다

작별의 눈물은 흘리지 않으리
머지않아
떠난 듯 떠났다 다시 돌아와

내 마음 빗장 열고
가을,
가장 붉은 나무로 서 있을 테니

바람의 본능

넌들 떠돌고 싶어 떠돌까
흔들리고 싶어 흔들릴까

한곳에 머물지 못하고
무엇이든 흔들고 흔들려야
직성 풀리는 습성 탓에

건들건들 멋진 척 휘파람 불며
거리를 하릴없이 활보하지만
넌들 떠돌고 싶어 떠돌까
넌들 흔들리고 싶어 흔들릴까

몸서리치는 외로움
견디다 못해 병이 되어버린
여린 영혼의 슬픈 몸짓
마음 열어 반기는 이 없어
흘러 흘러 예까지 왔건만

반기는 이는 허공의 쓸쓸함뿐
잠든 모습마저 외로운 그대
다음 생엔
바람으로 태어나지 말길

단풍

시원시원한
너의 맑고 깊은 눈빛에
붉어지는 내 얼굴

네 가슴
별이 되어 반짝이는 그대
한없이 바라본다

결핍

그는 날 수시로 찾아와
시간의 틈 생각의 틈
마음의 틈마다, 허기로 만든 방
제집인 양 들락거린다

그래 봤자 넌
내 안의 더부살이

오갈 데 없는 네게
틈 조금 내어준다고
허물어질 리 없으니

기둥은 온전히 놔두고
머문 자리 지울 수 있는
열정 몇 방울 남기고
그늘로 잠깐 머물다
흔적 없이 사라지거라

삶이란 본디
변화와 깨달음의 연속
나 이제 그런 것도 무덤덤해졌으니

우리 다시 마주하게 되거든
절대 우울로는 만나지 말자

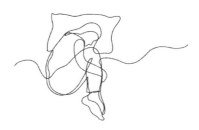

10월에 핀 매화

누가 대웅전 앞 지나며
내소사 단풍이 곱다고
매화나무에 귀띔했는지

겨울잠 자던 동자승 화들짝 일어나
문밖 뛰쳐나왔다
찬바람에 벌겋게 달아오른 열꽃,

빗속 꽃이 아프다

사람이 그리우면 섬으로 간다

시골에서 연통이 왔다
꽃밭이 가을로 깊어가고 있다고

지금쯤 해, 바람, 온몸 휘감고
자연 벗 삼아 섬 쏘다니며
들꽃으로 바람으로
스미고 피우느라 바쁠 텐데

아이들의 발이 묶여
저물어가는 가을빛
정 넘치는 그리운 사람들
먼 가슴으로만 담고 있으려니

마음은 온통 가을볕에 간질간질
꽃망울처럼 부풀어
바다 향해 붉어져 있다

거기 그리움이 있어
나는 오늘도 오지 않는 배를 타고
섬으로 간다

詩월

온 천지 詩가 되고
모든 사람이 시인이 되는 가을

사방 어딜 봐도 詩 아닌 것 없고
시인 아닌 사람 없는 심오한 계절

사색과 비움, 깨달음의 경지 향해

천천히 걸어가는 그대
경이롭고 아름다워라

추풍(秋風)

때아닌 강풍에
사정없이 휘청이는 꽃들
부러지고 쓰러지지 않으려
안간힘 쓰면서도 해맑다

비틀거리는 나무와 꽃,
행간 드나들며
비음 섞인 묵직한 낮은 소리로
목이 쉬도록 뭔가를 읊는 센 바람

바래고 지친
상처로 얼룩진 지난 시간
후회 없이 떨구고 떠나려는 듯
주저 없이 털어내고 쓸어가는
거친 갯바람

그대 닮은
쓸쓸한 노래가 이제 시작되는
시몬의 계절이 가고 있다

통증

꽃대 정리한 지 일주일 된
말라가고 있는 칸나에 꽃이 피었다

아, 생명이 끝난 줄 알았던 마른 몸뚱이
꽃이라니,
죄책감에 가슴 조여왔다

성한 건 잘라 꽃병에라도 꽂을걸
꽃 졌다고, 내 몸 귀찮다고
한때 기쁨 준 함께한 짧은 인연 잊고
지근지근 밟고 다닌 무지한 나에게

한 생명 꺼져가며
가벼운 것의 소중함이 무엇인지
일깨워 주고 가려는 듯

의식과 무의식의 경계에서
누렇게 말라가고 있는 몸 일으켜
마지막 사력을 다해 불꽃 피우는
처절한 몸짓,
잠들지 못한 슬픔을 본다

하루 종일 바라본다

가을로 물들어 가는 들판을
물때 맞춰 앞바다로 나고 드는
고깃배와 물살의 움직임을
구름 한 점 없는 쪽빛 하늘을
눈에 넣어도 아프지 않을
사랑스러운 손녀 사진을

앞뜰 크고 작은 예쁜 꽃들을
꽃 찾아 날아든 나비, 벌, 새들의 움직임을
가슴속 파고드는 스산한 바람을
인기척 소리 들릴 것 같은 대문을

날이 흐리거나
비가 오거나 쨍한 날에도
눈과 귀는 항상
이 모든 풍경 속에 피고 진다

향기를 덮으며

온 집안 감국 향이 가득하고
두 눈엔 금빛 햇살 눈부시도록 찬란하니
세상 부러울 것, 우울할 일 없는
향기 넘치는 황홀한 가을

눈, 코, 귀, 마음 다 멀어
너 외엔
그 어떤 향도 스미지 않는다

겨울

나의 그리움들은 안녕할까

흰 여우

몸에 흰 깃털이 돋으려는지
불을 켠 나뭇잎 으스스 떨다
불 끄고 하나둘
들판 떠나는 가을
넌 모를 거야

내 몸 깊이
수천 개 꽃대 묻어 놓고
잠든 너를 깨우려

밤마다
온몸 꽃잎 날개 달고
미친 듯
네 잠 속 몰래몰래 드나들며
누웠던 첫눈

이른 새벽
별처럼 다녀갔다는 걸
넌 모를 거야

한증막에서

긴장 풀린
늘어진 살덩이 속으로
달아오른 끼
삭정이 속 감추고

은밀하게 접근하는 불길
그 아늑함에 빠져
옴짝할 수 없는 좁은 골방
불길에 갇혀
뜨겁게 비워낸 몸속 번뇌

해탈로 들어선
어느 겨울

봄 마중

떠나고 싶은데
떠날 수 없고
보고 싶은데 볼 수도 없는
나의 봄은 어디쯤 와 있을까

봄은 이미 바람의 손끝에 이끌려
길을 나섰노라 햇살 속삭이는데
나는 소식은커녕 안부조차 듣지 못했네

아직은 살갗이 시린 아침저녁
해 뜨고 해지는 창가에 목 빼고 앉아
그대 언제 오나 날마다 기다리며
지쳐 잠이 드는 머리맡

봄 햇살 살포시 다가와
잠 깨우는 따스한 창가
오늘도 아니 오신 걸 보니
구름이 길을 막았나 보오

겨울과 봄 사이

금방이라도
비가 쏟아질 것 같은
잿빛 하늘이 무겁고 춥다

봄 속 겨울이 가지 못하고
뒷걸음치고 있는 겨울 끝
꽃샘추위라고 하기엔
시샘을 넘어 몹시 쌀쌀한

바람에 흔들리는 여린 꽃들
괜찮은 듯 웃어 보여도
괜찮지 않은 내 마음
파르르 떨려오는 응달 속 웅크림

당신의 섬은 따뜻한가요

겨울로 가는 길

비탈진 언덕 바람에 화음 넣어주던
은사시나무 악기 내려놓았다
바람의 선율 장단 맞춰 춤추던
습지의 부들, 억새, 갈대

바람이 지나간 동쪽 향해
일제히 은빛 물결로 누운 마른 들판

한 계절 요란하고 찬란했던
빛나는 시절 다 잊고
수행에 든 성찰의 시간
고요하고 평화롭다

110.

귤

창가에 앉아 있는 그녀를 보자
나도 모르게 입에 침이 고인다

그저 바라보기만 했을 뿐인데
오감을 자극하는 저 황금빛
둥근 무늬의 달콤한 유혹
뿌리치지 못하고 그만
깨물어 버린 입안 가득

물컹, 쏟아지는 바람과 햇살
향기 흥건하게 고인 찌릿한 긴장
온몸 잠자는 본능을 깨우는

제주 오름에서 바라본
성산포 앞바다의 그 해오름

나의 그리움들은 안녕할까

생각만으로도 행복해지는
그리운 것들을 보지 못한 지 몇 개월

가끔 바람결 전해 듣던 안부도
겨울잠 자는지 무기력증에 빠진
말 줄임표뿐

그 흔하디흔한 바다도
숨죽인 들판의 창백한 풍경도
파도에 잘게 부서지는 비릿한 햇살도
바닷속 손가락 사이로 빠져나가는 별 무리며
은하수도 안녕한지 궁금해

나는 매일 그들 향해
마음속 편지를 쓴다
조만간 그곳에 닿을 거라고

나는 오늘도 숨 막히는 서울을 빠져나와
섬 향해 길을 나선다

너 외엔 그 무엇으로도 위로받지 못하는
회색빛 긴 문장의 겨울 마침표 찍기 위해

허한 얼음 잘라 파릇한 약을 바른다

곧 빈집에 피어날
어린 생명의 눈물겨운 태동
그 경이로운 떨림
오롯이 지켜보지 못해
더 눈에 밟히는 그리운 것들

나는 섬이다

물만 나면
갯것 하러 바다로 달려가는
동네 사람들 등쌀에 떠밀려
나도 머리부터 발끝까지 중무장하고
바다로 간다

거친 돌과 돌 사이
곡예 하듯 넘나들며
바다에 잠긴 갯바위 고랑 더듬느라
나도 모르게 옷이 젖고
머리가 젖고 바다에 잠겨
온몸 개펄 그림을 그려도

기억 속 시린 바다 밑 더듬느라
바닷물 들어오는 것도 모르고
바다 맛보고 나서야 갯가로 나오는
그 짠 근성, 변한 건 나이뿐
나는 섬 그대로였음을

유혹

눈 위에 난 발자국 보면
흔들린다
빙판길 따라갈까 말까

호수를 지날 때도 그랬고
강을 건널 때도 그랬다

작은 새처럼 가볍게
뛰어들고 싶을 때 있다

겨울로 가는 가을

볕은 바삭하고 바람은 차가워야
단풍도 곱게 물들다 지고
국화는 신나서 마지막 꽃잎까지
서둘러 피우고 떠나지

이 꽃 저 꽃 다 지고 나면
꽃피우느라 애쓴 우리도
동면에 들 시간

그땐 못 잔 잠
맘 놓고 실컷 자보자꾸나

겨울아, 춥지 않게 잘 부탁해

겨울 길목에서

나는 기다리네
봄,
너와 마주할 그날을

파리하게 얼어버린
침묵 속에 갇힌 순수한 언어의
무수한 빛깔을

이 땅 구멍 난 영혼마다
따뜻한 숨결 찬란하게 돋아
헛헛한 가슴 꽃 피울 그날을

그대 언제 올지 모를 시린 길목
나는 설레며 기다리네

저 혼자 봄

겨울 한가운데
언 땅 숨구멍 하나 내고
고개 내민 히아신스

호기심이 많은 걸까
아님, 겨울잠이 없는 걸까
얼굴 한 번 잘못 내밀었다
그대로 얼음이 되어버린 봄 꿈

멈춘 시간 위로
가만가만 이불 덮어주며
토닥이는 흰 손

그래, 봄까지 들뜨지 말고
뿌리 끝 숨죽이고 있다
바람이 봄이다 소리치면
그때 비로소 온몸 부풀려
웃으며 나오거라

그땐 네가
진보라로 피어나건
연분홍으로 피어나건

막지 않으마

어차피 태어나 한 번은
바람이나 강물로
흩어지고 흘러가는 거

서두르지 말고 천천히
겨울잠 다 자고 건강하게 나오렴

암, 그래야 하고말고

겨울 앞에서

나는 가끔
새까매지도록 그리워
달려가고 싶은 곳으로 뛰쳐나가 보면
벌판,

황량한 겨울 벌판 앞에 서서
난 그만 울어 버리고
남은 것은 다 타버린 가슴뿐

추위가 몰려오면
흙벽에 제 눈만 창을 내고
울며 울리는 사람들

날 부르며
뜨거운 눈물이 안 보일지라도
이제 나는 꿈을 꿀 테다

퇴색해 버린 낙엽 위에
연기 내음 남겨 두고
캄캄한 어둠 속일지라도
이제 나는 꿈을 꿀 테다
끝없는 꿈을

겨울 산사

설경 속에 갇힌 평온한 월정사
살갗 에이는 서슬 퍼런 추위에
온 천지 솜이불 덮고 누웠다

폭신한 풍경 속
언 발 집어넣고
속부터 녹이는 소금강 물줄기
번뇌 되어 흐른다

도량으로 이어진 전나무 숲길
벚꽃인지 눈꽃인지
세속으로 가는 길 하얗게 지웠다

눈 속에 갇혀

눈 위에 눈 있고
눈 아래 눈 있는
눈 속 잠 설친 마음
소리 없이 일어나

시린 가슴 발자국 찍으며
길 없는 길 걷는다

눈사람

가로등 밑에
누군가 따뜻한 밤 보내라며
눈사람을 만들어 놓고 갔다

누굴 그렇게 기다리는지
아침 지나고 저녁이 되어도
그 자리 하얗게 서 떨고 있다

밖으로 나가
밤새느라 삐뚤어진 날 선 눈썹
휘어진 단풍나무 가지로
멋진 숯 검댕이 눈썹으로 만들어 주고

녹아서 허물어진 코와
속이 타 말라가는 얇은 입술
붉은 남천 잎으로 붙여주고
흐트러진 매무새까지 정성껏 다듬어
꽃단장해주고 돌아서려는데

차갑던 섰던 그가
쩍, 웃는다

비 또는 눈

그랬다
비 그치자 눈 왔다
한 치의 머뭇거림 망설임 없이
곧장 내게로 와 두근거림이 됐다

긴 침묵의 빗줄기
고작 눈 몇 마디 남기고
떨리다 만 비, 두근거리다 만 눈
흔적 없이 녹아 사라진 하루
그게 내가 본 전부였다

너는 그렇게 비처럼 스며서
눈처럼 사라졌다

첫눈 2

떠난 지 일 년 만에
그대 온다는 소식에 잠 설쳤다

다신 안 볼 것처럼
다 지우고 차갑게 떠난 그대
하얗게 잊은 줄 알았는데

국화꽃 향기로운 동짓달
꿈에도 생각 못 한 그대 모습에
가슴 속 응어리 사르르 녹는다

섣달그믐 매화꽃 피었다

찾아오는 이 하나 없는
오래된 폐가 홀로 지키며
가지마다 맺힌 그리움
방울방울 피워 놓고

떠난 이 기다리며
늙어가는 매화나무 한 그루

모진 세월
참으로 외롭게 견뎌왔을
녹엽매 서럽게 피었다

우울

잿빛으로 가라앉은 아침
그림자 틈으로
숨죽인 시간이 괴어 있다

쓸쓸하거나 시리거나 아파도
흔들림 없이
묵묵히 제 갈 길만 가던
입 다문 시간
초점 잃고 낮게 낮게
그늘로 앉아 있다

어둡고 아프지 않은 삶은 없듯
오늘은 잿빛 구름 속 풍경마저
흔들리며 지고 있다

창밖 환한 시간의 문이 열리길 기다리는
정제된 슬픔 깊고 고요하다

125.

겨울 손 놓고 봄 손잡다

이제 너를 보내련다
내게 처음 왔던 그곳으로
다시 돌아와 문밖 그림자로 서성대도
바람이려니 외면하련다

하늘 닮았던 맑은 눈빛도
구름 같았던 뽀얀 피부도
차갑도록 아름다웠던 미소도 다 잊고
봄 숲으로 깊게 들어가
돌아오지 않으련다

초록이 땅으로 스며
꽃불 밝힐 즈음
훌훌 자리 털고 일어나
너를 지운 빈 가슴
붉은 무늬 새기며
다시 태어나련다

봄은, 모든 걸 잊게 할 만큼 치명적이라
널 보고 알아보지 못하고 지나쳐도
서러워 마라, 봄은 그러하다

눈 그치고

내가 무의식 속
어두운 꿈과 만나고 있는 사이
흰 꿈이 다녀갔다

문밖 조만간 다시 오겠다며
허망한 약속 질펀하게 남겨두고
나도 모르게 길 떠난 그대

젖은 꿈들 사이로
환한 길이 드러나기 시작한다

너를 기다리며

오늘 나는 두 번째 눈을 기다린다
순백의 영혼을 가진 그들에게
뼈가 시리도록 하얗게 스미고 싶어서

차디찬 세상 어쩜 그렇게
희고 맑은 말만 쏟아 놓는지
고개 숙여 배우고 싶어서

환하게 웃고 있는 그 흰 볼
무릎 꿇어 입 맞추고 싶어서

나는 오늘 네 눈 속에 갇혀
흰 꽃 외엔 세상의 때가 보이지 않는
흰 꿈만 꾸게 하는 널 기다린다

12월

비 오고
단풍 지고
달이 간다

한 장 남은 달력마저
떼고 나면
싫든 좋든 해는 바뀌어
또 새해가 온다

참 빠르다
숫자 뛰어가는 소리
소리들

꿈꾸고 펼치고 접으며
겁 없이 달려오고 달려가는
희망찬 꿈들아
또 만나자

겨울꽃

꽃이 피었다
소라 꽃, 문어 꽃, 사람 꽃
동백꽃, 홍매, 백매, 쑥부쟁이, 국화까지
추위 뚫고 꽃잎 열었다

꽁꽁 얼었던 땅도
굳게 닫혔던 마음도
섣달 그믐날이 되니
꼬신내 풀풀 날리며
멀었던 마음들이 온다

코로나가 아무리 막강하고
세상이 암울하게 변해가도
혈육으로 이어진 끈과 끈
마음으로 이어진 인연을
아주 끊을 수야 있겠는가

어제는 이래서 못 만나고
오늘은 저래서 못 만난 우리

비록 마주 보며 손잡고
하하 호호 정답게 웃으며

덕담은 못 나눠도

마음에 색동옷 걸치고 찾아가
그믐밤이 하얗게 새도록
웃음꽃 피우자

겨울 나팔꽃

언제 떨어졌는지 모를
꽃씨 하나
베고니아 화분에 뿌리내렸다

자세히 들여다보지 않으면 모를
요정의 나라에서 온 보라 아이
참으로 귀하고 앙증맞게 피었다

여름으로 가는 기다림이
얼마나 지루했으면
봄도 아닌 겨울 끄트머리
작은 꽃으로 세상 밝히겠노라
겁 없이 꽃등 켜놓고

창밖 겨울잠 자는 나무에
봄이 왔다고
나팔 부는 저 작은 꽃잎

그 소리, 그 눈빛, 찬란해
목석 같은 마른나무도
슬그머니 눈꺼풀 들어 올리는 흐린 날

작은 꽃등이면 어때
누구도 환하게 하지 못한 어두운 마음
불 하나 밝혔으면 됐지

칼란코에, 마거릿, 제라늄, 베고니아 사이
보일 듯 말 듯 핀
엄지손가락만 한 나팔꽃

내 눈엔 네가
세상에서 가장 크고 환하다

12월 첫날

겨울 철새 떼 무리
하늘 까맣게 수 놓으며
리더의 구령 맞춰
순천만 향해 날아가고 있다

바람 불면 사라질 듯
작고 연약한 날갯짓으로
수천 미터 상공 생과 사 넘나들며
대륙 건너 날아오고 날아가는
저 위대한 철새 떼 향해 소리친다

힘내라 힘,
마지막까지 길 잃지 말고
낙오 한 마리 없이
목적지에 무사히 도착하길

무리를 이끌고 날아가는 선두에게
안간힘을 다해 따라가는 맨 꼴찌에게도
온 마음 담아 힘내라 소리치는데

생의 잊을 수 없는
경이로운 광경에 목메어

그만 쏟고 만 눈물

장하다 아름다운 철새들아,
작은 몸짓의 강함과 위대함을
일깨워 주고,
무의미한 삶에 감동을 줘 고맙다

삼천배

새벽 2시
안개 짙게 깔린
칠흑 같은 어둠 속
환하게 깨어 있는
제주 법성사 법당

비움 속 나를 찾아가는
열흘간의 긴 여행
호흡 하나 챙겨 들고
삼천배에 몸을 실었다

나를 찾고
찾아가는 일이 고행길임을
천근 같은 몸
엎드리기조차 힘들어도

포기할 수 없는 수행길
돌 한 짐 짊어지고
오르는 정신의 계단

육신의 고통 넘고 넘어
모든 것 다 내려놓고서야

홀가분하게 도달한 무상(無常)

나는 거기 없고
나를 찾아 사방을 헤매고 다닌
나도 거기 없다

다만, 새벽 공기처럼 맑은
깨끗한 영혼과
깃털처럼 가벼운 몸속
경전만 고였다

거리

금 밖의 금
금 안의 금
시간이 금을 넘는다

금 안에 갇힌 시간 궁금해
마음속 서성이다
거미줄처럼 엉킨 금줄

지우고 걷어내도
다시 그어지는
금 밖의 금
금 안의 금

넘고 치우기를 반복해도
다시 가로막은 욕심
그게 잘못이라는 걸 알까

어느 날 문득

세찬 바람에도
한치의 일렁임 없는 고요
시마저 시시해져
더는 쓸 말이 없는

계절 탓이라고 하기엔
가슴이 너무 밋밋하고
갱년기라고 하기엔
정신이 너무 맑은

어찌 된 영문인지
모든 게 시시해졌다

관계

꽃과 소통하느라
사람의 말을 잃었다

꽃은 빛깔만 봐도
속이 어떤지 알겠는데

천 길 물속 같은 사람 속은
육십 년을 살아도 알 길 없으니

쉬엄쉬엄

작년에 피었던 그 꽃들
급할 게 뭐 있냐는 듯
쉬엄쉬엄 피고 있다
쉬엄쉬엄 지고 있다

나도 저물어가는 마당 거닐며
서두를 게 뭐 있냐 싶어
꽃 보며 꽃 따라

쉬엄쉬엄 놀다
쉬엄쉬엄 일하며
향기로운 뜰에서
고요히 깊어가고 있다

고장 난 시계 2

내리막길에서
길을 잃었다

오라는 길도 없고
가고 싶은 길도 없는
수많은 길 중
내 갈 길 어딘지
방향을 잃었다

지나가는 바람 붙잡고
길을 묻지만
되돌아오는 건
침묵 속 침묵뿐

이럴 때
어머니는 뭐라고 하셨을까
살면서 평탄한 길 없다고
이왕이면
편안한 길 가라 하셨을
외로운 길 위에서
나는 고뇌한다

가면 다신 돌아오지 못할 길과
가야 할 갈림길에서

녹차 속 선시

천상에서 노닐던
학 한 마리
차 속,
한 잔의 이슬로 내려앉아

폐 속 깊게
흘러 들어온 신선한 울림
선하게 남았네

중년

세월의 물살에
떠내려간다고 두려워 마라
거친 물살 따라
순탄하게 흘러가면 그뿐

강인한 정신과 내면만 있다면
나이 띠 풀어
너도 잡아 주고 나도 잡아 주며
그렇게 함께 흘러가 보자

순간순간 다 내려놓고
도망치고 싶어도
지금이 가장
행복한 순간이라 여기며
최선을 다해 나이 따라
흘러가다 보면

별일도 별일 아닌 듯
덤덤하게 지나가고 지나온다

가다 쉬어가더라도
가는 길 멈추지 말자

140.

꽃상여

잘린 꽃 손수레에 산처럼 싣고
향기 날리며
꽃상여 골목을 빠져나간다

참으로 곱게 살아낸
꽃상여 보며
보는 이마다 한마디 한다

먼 길, 짐 무거워 힘들어도
꽃이라 즐거울 거라고

떠나는 꽃이나
꽃을 떠나보내는 이나
떠나는 꽃을 바라보는 이나
이리 향긋한 이별이라니

이처럼 귀천 없이
누구나 마지막 가는 길
슬픔이 아닌,
꽃길이었으면 좋겠다

물구나무

나무 같은 몸뚱이 뒤집어
방바닥에 말하는 기둥 세웠다

강한 물살에도 무너지지 않을
더 강한 기둥 세우느라 분주한 한밤중
심심한 다리 밑으로 지나가는 잡생각
하수구로 방출할 문 찾다
머리에 고인 숨 막힌 생각들

거꾸로 사나 바로 사나
어차피 쉽게 바뀌지 않을 세상
생각 속 딸려 들어간 머리카락이
욱신거리고서야
쏠렸던 관심거리를 내려놓는다

고립

흰빛 외엔
아무것도 보이지 않는
깨끗한 세상
눈꽃 보며
눈 밥 먹는
하얀 식탁 입김도 흰

정제된 고요 속
그 광채
오래오래 잃지 말았으면

다섯 살배기 손녀

작은 몸속
만물의 사랑 다 품고 태어난
사랑스러운 천사

두 살배기 손에 어른도 모르는
냉이꽃 한 송이 꺾어 내밀며
냉이꽃이라 말해 놀라게 했던 손녀,

이제 좀 컸다고
캐리어 끌고 할미 집에 묵으러 와
쫑알쫑알 동화 속 이야기 한 짐 풀어놓고
좋아하는 티니핑이 어쩌고 곤충이 어쩌고
서로 친구 되어 놀다
나란히 잠이 든 하얀 겨울밤

도둑맞은 시간 서러워 울다
마지못해 아빠 따라나선 나의 착한 공주는
지금 뭘 하며 놀고 있을까

아들에게

추우면 추운 대로
바람 불면 바람 부는 대로
발 동동거리며
옴짝 없이 견뎌내야 했던 시린 겨울

시련의 시간 지나오고 지나가느라
너도 많이 야위었구나

어찌 너에게만 긴 겨울이 있을까
밤이 지나면 아침이 오듯
때가 되면 마른 가지에도 새순이 돋고
살이 차오르며
꽃 피어 열매 맺히는 법

비가 내리면 비를 맞고
눈이 오면 눈 맞으며
시리고 추워도 견디며
가야 하는 고단한 인생길

아파하되 절망은 하지 마라
슬퍼하되 희망은 버리지 마라
꽃 피워낼 온기마저 잃으면
아무리 따스한 봄이 와도

꽃은 피지 않으리

살아내고 살아가는 일이
녹록지 않더라도
너를 바라보며 행복해하는
가족이 있다는 걸 잊지 마라

너는 언제나 듬직한 내 아들이고,
한 아이의 아빠고,
누구보다 소중한 보물임을 잊지 말거라

네가 너를 소중히 여길 때
남도 너를 소중하게 바라본단다
너로 하여 세상을 바라볼
네 자식을 생각하면
그 자식으로 인해
너의 행복도 피어날 것이니
더는 아파하지 마라
더는 슬퍼하지 마라

햇살 바라보는 그렁그렁한 눈 속
살얼음 녹는 소리
우리의 봄이 오고 있다

어느 봄

눈 끝에
봄은 왔으나
제비 둥지는 아직 비어 있네

양지바른 포근한 들길
가벼운 걸음으로 산이나 들
마중하고 싶은 맘 굴뚝 같지만

시린 찬바람에
갈 수 없는 먼 땅
허공에 걸어 놓고

진달래 한 다발 꺾어
바구니에 담아 옆구리 끼고
깍금재 내려오는 어머니 모습
그리고 그리다

방울방울 맺히는 그리움 한 주먹
닦아도 닦아도 자꾸 넘치는 봄

봄은 왔으나
돌아오지 못한 당신

그렇게 좋아하던 진달래
어서 오라 손짓하거늘
전하지 못하는 봄
법석 떨며 지나가네

겨울나기

눈 쌓인 산딸나무에
털 부풀린 겨울 참새
동글동글 무리 지어 앉아
쉼 없이 재잘대며 볕을 쬐고 있다

춥게 앉아 무슨 얘기를
저리 재미나게 하고 있을까
겨울잠 잊은 웅크린 소리
차갑게 들리는 앙상한 뜰

이제 곤충도 씨가 말라
눈 외엔 먹을 게 없을 텐데
무얼 먹고 살았는지
통통하게 살이 찐 아이들

눈 쪼아 먹으며
목 축이는 사이에도
눈치 백 단 삼엄한 경계

이 겨울 살아내는 일이
쉽지만은 않을 터
멈추지 말고 그리 재잘거리거라

2024년 새해 일출

푸른 빛의 용
뜨거운 불덩이 입에 물고
하늘로 힘차게 솟아오르자
황금빛 쏟아지며 바닷길이 열린다

황금 카펫 위로
갑진년 새해가 눈부시게
걸어오고 있다

맑은 기운 넘치는
힘찬 걸음 내게로 와
소망의 꽃 피우는 일출

내 해가 밝았으니
일 년 열두 달
만사형통하겠다

섬과 꽃 시인

류준열 시인, 수필가

꽃의 세계에 빠진 시인이 있다. 꽃이 지천으로 피어 있어도 꽃을 제대로 못 보는 이가 많은데, 시인은 꽃이 없어도 꽃 내면까지 본다. 언제 어디서나 시인에게 꽃은 시가 되고, 여정(旅程)의 도반이 된다. 시인에게 꽃은 없어서는 안 되는 존재다.

대도시 서울에서 남해안 여수 낭도까지 사시사철 피고 지는 꽃은 시인에게 세사(世事)의 심경을 비추는 반사경이다.

누군가 알아주지 않아도 제멋에 겨워 피는 야생화부터 무한한 사랑을 받는 꽃까지, 꽃이란 꽃은 시인의 눈에서 가슴까지 깊이 꽂히는 심상(心象)의 다른 이름이다.

기쁠 때는 기쁘게 다가오고, 슬플 때는 슬프게 다가와 내밀한 대화가 이루어진다. 기다림과 그리움의 정서를 불러일으키는 매개가 된다. 무한한 동경과 사랑 마침내 이상향(理想鄕)의 문이 된다.

오월 신부가 되기도 하고 그리운 임이 되기도 하며, 마음을 따스하게 녹여주는 수호자가 된다. 이별과 사별 겪을 때 꽃은 애틋하게 울음 터트리며 매만져 준다. 시인은 꽃 앞에 서면 거짓이나 가식을 털어내고 천진무구(天眞無垢)가 된다.

화사하게 핀 꽃에서부터 마침내 툭툭 떨어지는 낙화에 이르기까지, 현실과 상상 너머 꿈속에서까지 꽃은 시인의 삶과 연결되어 있다.

파도 소리와 꽃이 속삭이는 밀어(密語)에 귀 기울이거나, 점점이 바다에 떠 있는 섬을 바라보거나, 새벽부터 해거름까지 일출과 낙조를 우러르거나, 집 뜰이나 산야에 핀 꽃 앞에서 애틋한 심사를 추스르거나, 무언가 모를 아련한 그리움 한 조각 붙들고 하염없이 흘러가는 세월 그리거나, 시인의 섬 여정은 청량하고 무욕의 삶 아니겠나.

복잡다단한 세사 속에서 마음 탈탈 털어내어 초월과 비움의 나날을 보내고 있으니 참수행이 아니고 무엇이랴.

화사하고 영롱하게 피었던 세월이든 세사에 시달려 상처받았던 세월이든, 지나고 보면 꿈 아니랴. 덧없이 흘러간 세월 회한에 잠겨봐야 무슨 소용 있으랴. 털어내고 버리며 살아가는 게 삶의 길 아니던가.

푸른 바다와 섬, 아늑한 보금자리, 꽃 가득한 뜰, 밤하늘 밝히는 달, 푸른 빛 뿌리는 숱한 별무리, 적막과 적요의 심경.

시인은 섬과 바다와 일체가 되고, 꽃과 하나 되어 희로애락을 공유하며, 비움과 달관의 삶을 살아간다.

꽃망울 같은 눈동자, 절로 번지는 부드러운 미소, 외로움과 애상에 젖은 달빛 응시하는 하얀 그림자, 꽃차 음미하는 청초한 자태, 향불 앞 합장하고 절하는 경건한 뒷모습.

시인을 자유로이 노니는 선자(仙者)라 해야 할지, 무명(無明)을 깨치려는 선자(禪者)라 해야 할지.

천상에서 노닐던
학 한 마리
차 속,
한 잔의 이슬로 내려앉아
폐 속 깊게
흘러 들어온 신선한 울림
선하게 남았네

「녹차 속 선시」 전문

꽃은 차(茶)와 시(詩)가 되어 마침내 선(仙)과 선(禪)의 경지에 이르게 한다. 여수 낭도의 사계(四季) 속에 묻혀 사는 시인의 꿈 색깔을 상상해 본다.

향기로운 정원을 엿보다

황영옥 소설가

　　　　그녀는 내가 아는 이 가운데서 가장 부지런한 사람이다. 일 년 사철 새벽 네 시면 떨치고 일어나 꽃을 가꾸고 가족을 돌보고 삶의 구석구석을 쓸고 닦는다. 평생 화장대 앞에만 앉아 있을 것 같은 화려한 인상은, 뜻밖에도 지문이 닳고 허리가 휘는 온갖 수고로 반전되고, 짬짬이 건져 둔 상념들은 꿰어져 시로 쌓인다. 흙과 삶에 뿌리내린 시. 먼 섬 같은 고독을 토로하면서도 삼줄처럼 질긴 의지를 놓지 않는 시. 시와 꽃들 더불어 일궈가는 그녀 生의 정원이 풍우에 야위지 않고 날로 소담해져가는 건 찬탄할 일이다. 그 정원에 환한 햇살 깃들어 꽃씨마냥 묻어 둔 꿈들 풍성히 열매 맺길 기원한다.

유미란 시인의 시를 읽고

이경란 시인, 수필가

본향에 피운 꽃, 꽃은 시인이고, 자연이고 섬이다.

인생의 희로애락(喜怒哀樂)이 곳곳에 녹아있다. 꽃처럼 아름다운 시인이 꽃 같은 섬에서 인생을 꽃으로 피워내고 있다.
그곳에 조상에 대한 자부심도 있고, 어머니에 대한 그리움도 있다.

시를 喜怒哀樂으로 살펴보면,

희(喜)
빛난다. 화려하다. 아름답다
시인의 뜰에는 스쳐 지나가도 모르는 작은 풀꽃에서부터 화려한 공조팝, 장미, 꽃무릇과 함박꽃이 시절을 다투며 피고 진다.
그 꽃을 몰라도 그만이고, 밟아도 아프다 할 사람 없지만,
천성이 고운 시인은 작은 풀꽃에도 생명을 불어넣는다.

꽃을 화원에서 사다 봐도 그만이지만
시인은 씨앗을 발아시켜 물을 주고, 바람을 맞게 해주고, 태양 빛을 모아주어 인공의 미가 아닌 천연의 아름다움을 피워낸다.
시인의 뜰은 그래서 아름답다.
아름다운 곳에서 피워낸 꽃이, 시가 아름다운 것은 천연의 이치이다.

로(怒)

인간이 어찌 화낼 일이 없겠는가? 화를 화로 풀어내지 않는다. 꽃 속에 정성을 심으며, 섬 저녁의 노을처럼 아름다운 꽃으로 피워낸다.

낭도의 노을은, 김훈 작가의 『칼의 노래』 첫 문장이 말해주는 곳이다.

"버려진 섬마다 꽃이 피었다. 꽃피는 숲에 저녁 노을이 비치어, 구름처럼 부풀어 오른 섬들은 바다에 결박된 사슬을 풀고 어두워지는 수평선 너머로 흘러가는 듯싶었다. 뭍으로 건너온 새들이 저무는 섬으로 돌아갈 때, 물 위에 깔린 노을은 수평선 쪽으로 몰려가서 소멸했다. 저녁이면 먼 섬들이 박모(薄暮) 속으로 불려가고, 아침에 떠오르는 해가 먼 섬부터 다시 세상에 돌려보내는 것이어서, 바다에서는 늘 먼 섬이 먼저 소멸하고 먼 섬이 먼저 떠올랐다."

꽃이 피듯 아름다운 섬이 본향인 시인은 그곳에서 성장하여 아름다운 노을을 삼키며 시를 배웠다. 그래서 시가 섬이고 섬이 시인이다. 해와 함께 일어나서 해와 함께 지는 삶을 살아온 어머니 밑에서 어머니를 그리워하며 인간사 화남도, 원망도 녹여내고 있다.

애(哀)

자신의 뿌리이자 자신이었던 어머니를 보낸 슬픔, 함박꽃처럼 웃으시던 어머니의 모습을 그리워하며 '모란이 필 때' 꽃 몸살을 앓고 있는 시인이다.

외롭고 아플 때 꽃으로, 시로 승화시켜내는 힘을 지닌 시인은

곧 빈집에 피어날
어린 생명의 눈물겨운 태동

그 경이로운 떨림
오롯이 지켜보지 못해
더 눈에 밟히는 그리운 것들.

　　　　　　　　　　　「나의 그리움들은 안녕할까」 중에서

　그 아픔의 안부를 묻고 있다. 미세한 아픔도, 미세한 생물도 무심코 지나치지 못하는 시인에게 포착되면, 한 편의 시로, 꽃으로 탄생한다.
　거기엔 시인의 자연을 향한, 세상을 향한 애정이 묻어난다.

락(樂)
아픈 겨울이
시를 익혀 이 한 권의 시밭을 일구어 세상에 인사한다.
웃는 봄을 맞이하길, 꽃 같은 꿈길이
잘 익어 홍시가 되어 독자를 맞이하길 바란다.
다섯 살짜리 손녀가 시인의 뜰에서
새들과 같이
꽃과 같이
강아지와 같이 조잘거린다.
그래서 시 속에 손녀의 얼굴이 꽃에 오버랩되어 웃고 있다.
독자에게 냉이꽃 내미는 손녀딸의 소리가 들린다,
그래서 시인의 시는 겨울도 씨앗을 품고 있는 락(樂)의 세계이다.
　우주를 품고 있는 씨앗 한 알, 그것이 희로애락이고 우주이고 손녀이다. 그리고 시인이며 꽃밭이며 꿈 뜰이다.